The Last Years of Howard Hughes

Joni Järvi-Laturi

Nimikkeen automaattinen analysointi tietojen, erityisesti mallien, trendien ja korrelaatioiden, saamiseksi 13b § ("tekstin- ja tiedonlouhinta") mukaisesti on kielletty.

© 2024 Joni Järvi-Laturi

Kustantaja: BoD · Books on Demand GmbH, Helsinki, Suomi
Kirjapaino: Libri Plureos GmbH, Hampuri, Saksa

ISBN: 978-952-80-8518-8

Suuri, valkoinen lentokone kulkee taivaalla.

Lontoon lentokenttä on tyhjä.

Lentokone laskeutuu siihen.

Lentokone on paikallaan noin minuutin.

Howard Hughes laskeutuu alas lentokoneen portaita.

Hänen takanaan on kaksi miestä, joilla on tummat lasit.

Heillä on mustat kravattipuvut.

Howard Hughes makaa vihaisena hotellihuoneessaan Lontoossa. Hotellihuone on 15. kerroksessa.

Howard kävelee pitkin hotellihuonetta. Hän törmää jatkuvasti tyhjiin Dr. Pepper-lasipulloihin.

Ruutuun ilmestyy teksti: HOWARD JOI 20 LASIPULLOA DR. PEPPERIÄ KOLMEN TUNNIN AIKANA.

Ruutuun ilmestyy teksti: SEURAAVA PÄIVÄ.

Pikkolo ilmestyy Howardin hotellihuoneen ovelle.

Hän tuo Howardille 20 pakkausta banaanijäätelöä ja 20 pakkausta maapähkinävoita.

Seuraavassa kohtauksessa on myöhäisilta.

Howard syö banaanijäätelöä, ahmien.

Howard nousee huoneen ikkunalle ja katsoo alas kadulle missä kaksi rakastavaista suutelevat ja pitävät toisiaan käsistä.

Howard on tuima, vihainen.

Lentokone ajaa alas Moskovaan.

Mies tapaa toisen miehen moskovalaisessa baarissa.

He keskustelevat ilman että heidän keskustelu kuuluu.

He istuvat mustaa seinää vasten.

Istumapaikka on syrjässä, baarin syvyydessä.

Seuraavassa kohtauksessa he keskustelevat metsässä.

Metsässä on enimmäkseen koivupuita.

He kävelevät hitaasti, toinen miehistä hengittää syvään metsän ilmaa.

MIES
Tämä on paras paikka keskustella siitä. Täällä ei kukaan kuule, täällä kukaan ei
valvo. Voimme puhua ihan mistä vaan.

TOINEN MIES
Tämä ei ole kuunneltu paikka. Ei ole mitään nauhoitusjärjestelmiä. Rakastan
hengittää tällaista ilmaa.

MIES
Tämä on niin salaista. Se on niin harvinaista nykymaailmassa.

TOINEN MIES
Tämä on kuin kirjoittaisi paperille ajatuksia, ei niin että kirjoittaa johonkin viralliseen
paikkaan, jossa ne ajatukset eivät poistu.

MIES
Nyt kun olemme Keskustan vieressä niin meidän täytyy puhua asiat puhtaaksi. Pian
pääsemme Keskustaan ostamaan kaikkea.

TOINEN MIES
Niin, se salamurha. Miten se tapahtuu?

MIES
Minulla on miehiä Meksikossa tällä hetkellä, he harjoittelevat sala-ampumista. Siellä
on sellainen aavikko, jossain syrjässä.

TOINEN MIES
Okei, tarvitseeko minun huolehtia mistään?

MIES
Berliinissä on eräs mies johon kannattaa ottaa yhteyttä.

TOINEN MIES
Okei.

MIES
Amerikassa on Mainen osavaltiossa metsä, jonka äärellä asuu kaksi kaveriani. He
eivät kuulu tähän projektiin mutta he voivat myydä sinulle ammuksia muihin
projekteihisi.

TOINEN MIES
Hyvä.

MIES
Ai että tätä ihanaa Moskovan metsän ilmaa!

Mies hengittää syvään.

Howard nukkuu hotellihuoneessa.

Ruutuun ilmestyy teksti:

HOWARD HUGHESIN UNI.

Unessa mies ampuu tyhjiä Dr. Pepper-pulloja erämaassa.

Ruutuun ilmestyy teksti:

NEVADAN AUTIOMAA.

Rekka kulkee pitkin metsän vieressä sijaitsevaa polkua.

Mies ampuu AK-47-kiväärillä kohti Howard Hughesin kasvokuvaa.

Seuraavassa kohtauksessa mies on Dallasin lentokentällä.

Ruutuun ilmestyy teksti:

DALLASIN LENTOKENTTÄ.

Seuraavassa kohtauksessa mies istuu lentokoneessa.

Lentokone näkyy ilmassa, se kulkee rauhallisesti pilvien päällä.

Kaksi nuorta miestä katsoo taivaalle, jossa lentokone lentää ja surisee.

Lentokone laskeutuu Lontoon lentokentälle.

Mies kävelee alas lentokoneen portaita.

Mies tilaa taksin lentokentän pihalla.

Mies kulkee taksilla kohti hotellia jossa Howard Hughes nukkuu.

Howard Hughes nukkuu hotellihuoneessaan.

Mies antaa taksikuskille rahat ja kävelee hotelliin.

Mies kävelee Howard Hughesin hotellihuoneen eteen.

Hän ottaa iskuvaimennetun käsiaseen matkalaukustaan.

Hän avaa oven ja Howard Hughes seisoo huoneessa.

Hän ampuu Howard Hughesin kuoliaaksi ja lähtee huoneesta pois.

Howard Hughes herää kauhuissaan unesta ja hengittää pakonomaisesti.

65 vuotta.

Kerrataan.

65 vuotta.

65 vuotta sitten leikimme tässä ala-asteen pihalla ties milloin mitäkin.

Meillä oli leikki jossa istuimme pitkän puuistuimen päällä me kaikki.

Jotain 7-8 lasta, me istuimme siinä.

En muista sitä leikkiä enää yksityiskohtaisesti.

Nyt minä ja lapsuudenkaverini Michael istumme siinä.

Me olemme 73-vuotiaita, ryyppäämme kaljaa lasipulloista ja meillä on molemmilla pussit täynnä lisää kaljaa.

Ala-asteen piha on laaja.

Muistatko, Michael, kun olimme silloin täällä?

Michael ulvoo yöhön. Kello on yksi yöllä.

Hänellä on avain puukäsityön luokkaan. Se sijaitsee 30 metrin päässä oikealla siitä missä me istumme.

Muistelemme menneitä.

Sitten menemme puukäsityöluokkaan.

Muistan yllättäen tehtävän joka meidän piti tehdä.

Meidän piti tehdä, tai muovata, yksi puuesine.

Olin muistaakseni surkea siinä mutten saanut traumoja siitä.

Me tunnemme itsemme miehiksi.

Emme ole nössöjä, jotka valittavat joistakin menneisyyden misogyynisistä mieshahmoista.

Luojan kiitos että maailmassa on myös konservatiivisuutta.

Puukäsityön luokka on ihan kuin silloin. Täynnä puupöytiä ja sahoja ja muuta.

Se kun näkee tämän saman luokan 65 vuotta myöhemmin, se on käsittämätön tunne.

Myöhemmin palaamme pihalle.

Juttelemme ja itkemme ja nauramme.

Pitäisi mennä seuraavaksi rakennukseen, jossa oli luokkamme ala-asteella.

Michael on ovela mies, minä aina pidin hänestä ja arvostin häntä.

Rakennuksessa on naulakot ja muistan ne elävästi.

Avaamme luokkahuoneen.

Voi ihme miten ihania muistoja mieleeni palaakaan.

Vietimme täällä kuusi vuotta lapsuudestamme.

Kuusi ihanaa, ikimuistoista vuotta.

Olin silloin onnellisimmillaan.

Palaamme taas pihalle.

Terveydenhoitajan toimisto on takanamme oikealla.

Pururata on sen rakennuksen takana.

"Hei, älä riko sitä kaljapulloa siihen. Se on tärkeätä lasia! Nyt mun pitää kerätä noi lasit."

Olemme menettäneet jotain ja se on kaikki mitä meillä on.

Yö on kuin Hollywoodin ihana, lämmin pimeys.

Münchenin rautatieasema vilisi ihmisiä, heitä oli noin 2000 jos rakennuksen sisällä olevat ihmiset sekä sen ulkona, välittömässä läheisyydessä olevat ihmiset laskettaisiin yhteen. Taksikuskit odottivat asiakkaita ulkona, jotkut odottivat sukulaisiaan ja ystäviään Saksan muista paikkakunnista, kioskista joku osti Newsweek-lehden, joku osti kuuman kahvikupin, joku osti kaksi suklaapatukkaa.

Herra X nousi ulos junasta ja käveli salkku kädessä kohti rautatieaseman vessaa. Hän lukitsi vessan oven ja soitti kahdelle agentille, jotka kävelivät sinä hetkenä Moskovan liepeillä sijaitsevassa metsässä.

"Kukaan ei saa tietää," totesivat agentit puhelinsoiton jälkeen toisilleen.

Edellisenä iltana Moskovasta oli soitettu Wienissä sijaitsevaan kahvilaan ja yöllä Wienissä majaileva agentti oli soittanut vielä Pariisissa sijaitsevaan klubiin, jossa oli 300 ihmistä kuuntelemassa hevikonserttia. Melun seassa he puhuivat toisilleen, seuraavan kuukauden toimista, mitä silloin pitäisi tehdä jotta projekti etenisi.

Münchenin agentti lähtisi kahden päivän kuluttua Lontooseen bisnesmatkalle. Sen jälkeen hän menisi viikoksi Zürichiin. Sinä päivänä hän katsoi korkealta baarin ikkunasta alas ja näki Münchenin keskustan.

Musta mies syö kanankoipea. Lasinen Dr. Pepper-pullo on hänen vierellään puulaatikon päällä.

Oswald ampuu kolme laukausta nopeasti. Juoksee nopeasti alas.

Oswald ostaa cokiksen. Kaksi miestä ei tiedä kuka hän on. Toinen heistä sanoo hänelle että presidentti on tapettu. Sitten he lähtevät.

John Waynen kuuluisuuden jälkeen. Ennen Nixonia. Vuosisadan sisällä. Salamannopea hetki. Silmänräpäyksessä ohi. Vaihtunut toiseen hetkeen. Kirjavaraston portaat ovat niin raihnaisia. Haluaisin nukkua siellä kirjavarastossa.

Taivas on se paikka missä Amerikka jatkuu ikuisesti. Siellä ei ole pahuutta. Tuijotamme sitä vain televisiosta. Kaikki näyttää nyt pienemmältä.

Joka päivä on nälkä ja jano. Joka päivä ostamme paljon ruokaa ja juomaa. Äidin ja isän kanssa. Kokkaan lasagnettea. Katsomme jääkiekkoa mökillä.

Ne ovat kaikki tehty meitä varten

Olemme nälkäisiä ja janoisia susia.

Me vaanimme uusia kulinaristisia elämyksiä. Me vaanimme uusia juomia. Emmekä me kyllästy koskaan niihin ruokiin ja juomiin.

Laivat, lentokoneet, rekat kulkevat joka aamusta yöhön tarjotakseen meille ihanan tuoreita tuotteita. Me kaikki haluamme sitä. Me mietimme sitä. Me puhumme siitä. Me odotamme sitä.

Se on kuin suuri tapahtuma. Se tapahtuu joka päivä.

Suuri kangas yllämme. Suuri koneisto joka on jännittävä. Jännittävä ylhäisyys. Me olemme alhaalla siitä. Dynastia. Jännä.

Kuin suuri valas joka on meidän yläpuolellamme. Dynastia jossain kaukana.

Joskus mietin miten suurista marketeista saadaan kaikki tuotteet myytyä etteivät ne mene hukkaan. Montako asiakasta jossain käy päivän aikana.

Bowling for Columbine (2002)

Maanviljelijöiden pellot, Militia-ryhmän metsät. Ruskeat, surkastuneet oksat. Masentunut syvyys.

Kansan syvien rivien villi mörinä.

Juntit aseenkantajat, siis "juntit."

Metsien syvyys.

Metsäpolut, musta soinen tie.

Luodit viuhuvat.

Vittu. Saatana.

Rumuus, perkeleen rumuus.

Vitutus.

Uusi kuvaus Amerikasta, uuteen vuosituhanteen.

Millenniumin jälkeen.

Bushin limusiinia heitetään kananmunilla.

Mielenosoittajat protestoivat.

Jotain isoa on tekeillä.

Internetin verkostot, loputtomat.

Piilotetut räjähteet syrjäkylien taloissa.

Aika maalataan aina jollain ja se on aina mielenkiintoista.

Paljon ymmärsin vasta myöhemmin.

Mitä miehen karisma on?

Ainakin minulle karisma on eräänlaista vittuuntunutta hyvettä tai hyvyyttä.

Se on uskoa puhtauteen, reippauteen ja tekemiseen.

Se on kaukana kaikesta turhasta valittamisesta.

Se on saavutusorientoitunutta, halua olla suuri ja mahtava, se on uskaltamista jahdata ja unelmoida ja kerätä asioita eikä se suostu elämään vain hetkessä.

Se ei teeskentele olevansa vaikkapa materialismikritiikin tai kulutuskritiikin puolella. Se puhuu suoraan asioista ja on rehellinen.

Se on viisasta hiljaisuutta, kypsyyttä.

Se tekee asiat ja muut seuraa. Se ei mene paikkoihin joissa muut komentaa.

Se johtaa omalla esimerkillään.

Se on esimerkki, äijäkoodi, äijämäisyyttä.

Se ei selittele.

Se ostaa suklaapatukan tai sokerisen Pepsi-pullon jos sitä huvittaa.

Se ei välitä vittuakaan.

Se on suoraviivaisuutta, suoraa puhetta, suoraa ajattelua.

Karismaan vaaditaan älykkyyttä. Se on vihaa siitä että älykkäät ihmiset hiljennetään ja tyhmiä juhlitaan.

Se näkee realistisesti sen jos jotakin tyyppiä juhlitaan vaikka hän olisi lahjaton tai keskinkertainen.

Se on sivistynyttä, rauhallista.

Se on vitutusta epäkohtia kohtaan, se näkee asiat niin kuin ne ovat, ei niin kuin tyhmät ihmiset ajattelevat sen olevan.

Se on vastavoima kaikelle turhalle nalkutukselle, jeesustelulle, avuttomuudelle ja tyhmyydelle.

Se näkee ihmisissä heidän pahat puolensa ja näkee heidän suosionsa läpi.

Se on pimeämpää, vaarallisempaa, seksuaalisempaa.

Se tupakoi vaikka naiset haluavat kieltää sen.

Se juo jos haluaa.

Amerikkalaisten sopukoiden kulmakivet

Citizen Kane -
Erakko Xanadussa. Yksinäinen valtakunta. Erakko kuolee. Uutiset kuolemasta.

1980 – Hohto –
Rocky Mountains. Helikopteri taivaalla. Autotie kohti Overlook-hotellia. Korkealta kuvattu.

1990 – Twin Peaks -
Dale Cooper ajaa Twin Peaksin kylään. Puhuu Dianelle nauhuriin. Puut. Metsät. Uusi Viattomuus. Kahvi. Kahvia loputtomiin. Rento ajo.

JFK – 1991 –
Kevin Costner ja Jay O. Sanders koittavat ampua kirjavarastosta kuin Oswald ennen.

Frendit – 1994 -
Ohjelmassa juhlitaan millenniumia. 5.4.3.2.1. Yhteisöllisyys. Ilotulitukset televisiossa. Viattomuus.

Blair Witch Project – 1999
Metsä. Kauhu. Pimeys. Yksinäinen metsä syrjässä.

1999 – Eyes Wide Shut
Tom Cruise istuu taksissa. Yö on pimeä. Taksi on sillan päällä.

Millennium
Vuosituhat vaihtuu uuteen. Uutiset. Räjähdykset.

2001 – WTC
Ennen iskua oli hiljaista. Ennen Irakin sotaa. Ennen uutta aikaa.

2015 -
Joku tubettaja käy aamupäivällä metsässä. Meditoi metsän viereisessä asunnossa.

Howard Hughes on samassa liigassa tiettyjen legendaaristen erakkojen kanssa.

Oli Garbo. Kubrick. J.D. Salinger. Bill Watterson.

Ja sitten Hughes.

Wattersonin kulta-aika päättyi jo 1995. Hän lopetti kokonaan Lassin ja Leevin tekemisen.

Nyt on 2024. Eli Wattersonin erakkous on kestänyt 29 vuotta.

Erakkovuodet ovat erilaisia vuosia verrattuna kulta-ajan vuosiin.

Ovatko ne myös samanlaisia vuosia?

Sekä että.

Kulta-ajan ja erakkouden kontrasti on valtava. Toinen on legendaarinen, toinen tylsä, sulkeutunut ja tavallinen.

Juuri se sulkeutuneisuus tekee erakon vuosista legendaarisia, jollain hiljaisella ja tylsällä tavalla.

Kun mitään ei enää tapahdu.

Jos mietin että onko vuosi 2024 legendaarinen, vuosi jota parhaillaan elän.

Ei siinä mielessä että sitä käsittelee. Se täytyy elää tässä hetkessä.

Vasta myöhemmin vuodet muuttuvat legendaarisiksi.

Kun oli vuosi 2005, inhosin sitä. Olin itsekin erakko. En löytänyt vuodesta mitään hyvää. Olin tajuton, koomassa, erakko, henkisesti.

Mutta nyt, vuonna 2024, vuosi 2005 tuntuu suloiselta, vaikkei mitään tuntunut tapahtuvan silloin, vaikka elämäni on paljon parempaa nykyään.

Tällä tavalla sitä tarkkailee vuosia.

Hughesista tehty elokuva The Aviator, vuodelta 2004, kuvaa hyvin hänen kulta-aikaansa, mutta se ei tavoita hänen erakkoutensa legendaarisuutta, verrattuna hänen kulta-ajan suloisuuteen. Se ei edes kuvaa sitä erikoisemmin. Sen erakkouden kontrastia suhteessa kulta-aikaan.

Jos minä tekisin elokuvan Hughesista, korostaisin erakkoutta paljon.

Ehkä kaikki vuodet ovat lopulta legendaarisia sillä historiasta oppii että elokuva on harvinainen ja lyhytaikainen episodi ihmiskunnan historiasta ja että tylsempiäkin aikoja on eletty kuin nykyään.

Oikeastaan nykyaika on aivan uskomattoman kiehtovaa. Sitä ei vain ymmärrä aina heti mutta vasta pitkän ajan jälkeen.

Nykyajassa parasta on se että maailmassa on niin paljon kaikkea ja kaikki on ajateltu ja tehty niin hyvin, kaikki pyörii niin hyvin, että elämä on paitsi helppoa mutta myös jatkuvasti mielenkiintoista. Tylsää hetkeä ei tule. Kaikki on valtavaa, ihmisten ja paikkakuntien yhdistelmä.

Minua aina kiehtoo amerikansuomalaisten side Suomea kohtaan. Se on heille sydämen asia, ei pelkästään verinen asia. He tuntevat yhteyttä tätä maata kohtaan. On kyse sitten suomalaisista resepteistä, sisu-käsitteestä, Suomen luonnosta, saunasta tai suomalaisista artisteista, niin on hyvin kutkuttavaa aina tuntea tällaista tervettä ylpeyttä tällaisesta harmittomasta, onnellisuutta edistävästä asiasta kuin Suomi ja Yhdysvallat.

Tuntuu hyvältä asua Suomessa. Rakastan myös maahanmuuttajia, jotka tulevat tänne ihastelemaan ja ihmettelemään ja nauttimaan Suomesta.

Amerikkalainen Tucker sanoi että hänellä on suomalainen sauna. Hän sanoi että suomalaiset ovat neroja. Se tuntui hyvältä.

Jos tapaan amerikkalaisen Suomessa niin hänen kanssa olisi kiva puhua eri asioista. Jos pidän jostain ihmisestä, se on suuri komplimentti. Jos pidän jotain ihmistä hienona keskustelijana, sekin on suuri komplimentti. Myös se että ihminen on miellyttävä, on hyvin suuri komplimentti.

Sillä me olemme molemmat osa Länttä ja me haluamme suojella Länttä. Vapaata, demokraattista, ihmisoikeuksia kunnioittavaa Länttä.

Outoa että minun tarvitsi mennä nettiin löytääkseni kestäviä, syvällisiä arvoja. Ja ihmisiä, ystäviäni, jotka jakavat syvälliset arvoni. Monet suomalaiset ovat kai ihan tietämättömiä näistä ihanista, syvällisistä intohimoista. Älykkäät amerikkalaiset lukevat paljon ja tietävät paljon enemmän tietyistä asioista kuin tietyt suomalaiset. Se on laajempaa, se intohimo. Usein myös syvempää, jollain tavalla. Amerikkalaiset ovat ystäviäni. Ja amerikkalainen täällä Suomessa on länsimaalainen, kuten minäkin. Se tuntuu tosi hyvältä ja olen ylpeä, hyvällä tavalla näistä ihanista tunteista.

Tietenkin, amerikkalainen on erilainen kuin suomalainen, jollain tavalla. Hän on joistakin asioista eri mieltä kuin minä, suomalainen. Mutta vaikka hän antaisi vähän risuja Suomelle jostain, niin ottaisin sen kauniisti ja hellästi vastaan. Meitä yhdistää kuitenkin jokin suurempi asia.

Ihailen Euroopan maita ja etenkin Ruotsia. Tietyt ihmiset eivät ymmärrä sitä miten ihailen ruotsalaisuutta. Mutta ne amerikkalaiset, jotka tajuavat tämän, ovat kanssani aika samanhenkisiä. Kaikkein kiehtovinta on kun amerikkalainen rakastaa ABBA-yhtyettä sekä Ingmar Bergmanin elokuvia. Bergmanissa näkyy sellainen ruotsalaisuus joka on hyvin idyllistä. Amerikkalainen tunnistaa sen hyvin erilaiseksi kuin Amerikan Yhdysvallat, se miten ruotsalaiset puhuvat, ja sen ajatteleminen on todella jännää ja kiehtovaa.

Kauan eläköön Amerikka! Ja kauan eläköön Suomi ja Länsi. Mekin olemme osa moninaisuutta. Ilman meitä kaikki on surkeampaa, paljon surkeampaa.

Kirje itselleni

Rakas Howard,

Ensin he nonsaleraavaat kipuasi ja ovat kylmiä sinulle.

Ihmiset ovat mestareita olemaan huomaamatta herkän ihmisen kipua.

Sen sijaan he pakottavat sinua ja haluavat kontrolloida sinua.

Tätä jatkuu kauan. Ihmiset ovat paskoja. Itsekin olet paska samaan aikaan. Mutta et julmalla tavalla.

Jos he huomaavat kipusi ja surusi, he tekevät senkin julmalla tavalla. Syyllistäen sinut. Niin kuin se mies joka katsoi sinua surullisin silmin kadulla. Luuli olevansa niin viisas. Ilmehti surullisesti. No, minä toivon että hänen jalkansa katkaistaisiin. Hyvä että se tyyppi kuolee vielä joskus. Se on ainoa tasa-arvoinen asia elämässä. Kaikki kuolee.

Sitten ihmiset, samalla kun he ovat kylmiä sinua vastaan, nauravat sinulle.

Pian tämän jälkeen ihmiset alkavat taistelemaan sinua vastaan. Älä tee sitä. Älä tee tätä. Et ole itsekään valmis. Mutta meno on vieläkin julmaa.

He eivät ymmärrä puheitasi. Ja jos puolustat itseäsi he syyttävät sinua siitäkin. Kutsuvat nettikiusaajaksi.

Sitten he vielä halveksuvat sinua kun puhut totta.

Olet itsekin tässä vaiheessa vielä toksinen. Et vielä huomaa mielen sairauttasi tässä vaiheessa.

Mutta sitten pikku hiljaa alat paranemaan ja huomaat että olet itsekin ollut ongelma. Tämä tuo lohtua.

Elämä alkaa kohtelemaan sinua paremmin. Näet ihmisissä enemmän hyvyyttä.

Se on se hyvä puoli asiassa, jopa se jumalainen puoli.

Tajuat että me kaikki ollaan syntisiä. Se on meidän tila. Me ollaan vähän paskoja välillä.

Mainitsinko muuten että Kolumbiassa tapetaan ihmisoikeusaktivisteja ja maailmassa on vieläkin paljon kidutusta?

Eikä se ole edes ainoa humanitaarinen ongelma.

Hyvin monet miespuoliset julkkikset sortuvat seksuaaliseen häirintään. Puhumattakaan niistä lukemattomista miehistä jotka kirjoittelevat seksi-chatteihin eivätkä tiedä että siellä on palkatut kirjoittajat valehtelemassa miehille feikkiprofiilien takaa.

Vasemmistolaiset eivät välitä muslimeista jotka loukkaantuvat uskontonsa arvostelusta ja hyökkäävät islam-kriitikoita vastaan.

Vasemmistolaiset eivät välitä siitä että islam-kriitikot tarvitsevat jokapäiväistä suojelua muslimien vihan takia.

Vasemmistolaiset eivät välitä siitä tragediasta. Se ei satu heihin. He eivät ole vihaisia siitä.

Charlie Hebdo ei satu. Bataclan ei satu. Valtavat tragediat Euroopassa.

Breivikille lähetetään rakkauskirjeitä monien naisten toimesta.

Suvaitsevaiset ovat kaikkein avomielisimpiä kunhan kukaan ei ole eri mieltä heidän kanssaan.

Ollaanpa me ihmiset niin kivoja. Suomessa on varmaan jotain neljä hyvää miestä. Yhdysvalloissa ehkä jotain viisi.

Mutta muista Howard että sä olet yksi niistä.

Sä oot vähän liiankin hyvä ihminen.

Mediopositiivinen ajattelu

Ajattelu jonka mukaan keskinkertaisuus on parempi/terveempi määränpää kuin suuruus.

Medipositiivisessa ajattelutavassa keskinkertaisuus nähdään luonnollisena, vapaana, vapautuneena, rentona ja aitona tapana elää ja ilmaista itseään.

Keskinkertaisuus on myös inhimillisempää ja iloisempaa, se tuo ihmiselle paremman olon kuin suuruus/nerous.

Ajattelussa keskinkertaisuuteen liitetään kaikki positiivinen ja suuruuteen/nerouteen kaikki negatiivinen.

Nerous syyllistetään ja keskinkertaisuus nähdään sellaisena että siihen luotetaan enemmän.

Mediopositiivinen ajattelu näkee kaiken ilmaisun yhtä arvokkaana.

Mediopositiivisessa ajattelussa nerous on uhka ihmisille, jotka tekevät vaikeaa, erittäin tärkeää, raadollista työtä. Nerous on myös uhka keskinkertaisuudelle. Keskinkertaisuutta ei nähdä uhkana tai rasitteena neroudelle, siihen että neroutta alettaisiin arvostamaan enemmän.

Myös kaikki pyrkimykset olla paras, voittaa, saavuttaa, pyrkiä täydellisyyteen, ovat uhka mediopositiiviselle ajattelulle. Mediopositiivisuus näkee nuo asiat epäluonnollisina. Pienuus nähdään aitona, suuruus epäaitona.

Myös rumuus voidaan mediopositiivisessa ajattelussa nähdä jalompana pyrkimyksenä kuin kauneus.

Mediopositiiviset henkilöt myös ajattelevat usein monista asioista kuin useimmat muut ihmiset.

Minä Howard, olin aina kiinnostunut kuolleista ihmisistä.

Koulussa vieraili huumeista selviytynyt keski-ikäinen, lihavahko mies.

Hän antoi huumevalistusta.

Muutama kuukausi myöhemmin mies oli retkahtanut taas huumeisiin ja kuollut.

Minua kiinnosti aina se miten niin asialliset ja ammattimaiset aikuiset ihmiset voivat päätyä niin traagiseen ja surulliseen itsetuhoisuuteen.

Ostoskeskukset, jäähallien käytävät, joku joskus kävi siellä, vähän aikaa ennen kuin teki itsemurhan, kerrostalon portaat, miksi niin traagisissa asioissa oli niin hirveää kauneutta?

Monet melkeinpä tietävät että me kaikki kyllä pääsemme henkimaailmaan, mutta toivottavasti traagiset sielut pääsevät sinne heti ja löytävät onnen ja rauhan, ehkä henkimaailmassa on sitä samaa hirveää kauneutta mitä itsetuhoisuudessa mutta ilman kipua.

Howard ajattelee maan alla sijaitsevaa elokuvateatteria. Nuoret miehet katsovat siellä elokuvia, noin viittä elokuvaa putkeen.

Heillä on mukanaan Pepsiä ja kaljaa.

He puhuvat näkemistään elokuvista. He kokevat yhteyttä.

Elokuvateatteri on 20 metrin alla maan syvyydessä.

Se musta huone, jonkun pitäisi rakentaa sellainen.

Keksitään oma klubi. Meidän juttu.

Yhteisöllisyydessä on valtavia mahdollisuuksia, kukaan ei vaan tiedä miten niitä synnytetään. Yhteisöllisyys taitaa tulla onnekkaasti, luonnostaan. Sitä ei ehkä voi pakottaa.

Neljä aforismia

Ateismilla on teränsä mutta kristinuskolla on pehmeytensä. Siksi ateismi ei kestä.

Rohkeus on pelkoa viisaampaa. Sen olen oppinut ihmisistä.

Nykyään kannattaa epäillä voittajia ja luottaa altavastaajiin. Altavastaajissa on nykyajan viisaus.

Kun ottaa huomioon miten surkeaa amerikkalainen (ja Euroviisujen) musiikki on ollut jo pitkään, miten sielutonta ja mekaanista se on, miten vähän kulttuurissa enää on järkeä mukana, niin ei ole ihme että Hollywoodin ja musiikkimaailman pedofiilit alkavat pian julkisesti paljastumaan. Simpsonit on ollut 20 vuotta tylsä, pinnallinen, eikä siinä ole enää minkäänlaista älykkyyttä. Sekin kertoo jo jotakin.

Kulttuuri voi hyvin kun siihen voi luottaa. Ihminen myös. Suhteessa kulttuuriin. Tämä on yleistys mutta näin näen sen. Elämme maailmassa jossa kulttuuri voi joskus vieraannuttaa tavallisen kansalaisen joka kaipaa jotain suurempaa, syvempää. Elokuvat, musiikki, kirjallisuus, niissä täytyy olla jokin älykkyys, viisaus, kokemus ja traditio, jonka näkemykseen ja laadukkuuteen voi luottaa. Mielestäni elämme tässä suhteessa todella epäluotettavia aikoja.

Sitten kun he vanhat tyypit palaavat siihen vanhaan luotettavuuteen, silloin kulttuurimme parantuu. Silloin mekin parannumme. Koska silloin me tunnistamme sen minkä me menetimme. Ja silloin mekin voimme paremmin.

Jos peli on julma, moraaliton liittyy siihen. Moraalinen taas poistuu siitä. Ei lika itsestään siivoudu.

Naisten luoma maailma olisi kiinnostava, ehkä parempi paikka, ehkä ei. Huono puoli siinä olisi se ettei mitään saa enää sanoa, vaan kaikkien pitää teeskennellä ja sanoa samoja asioita joita kaikkien pitää sanoa. Miehet olisivat turhia. Ja miehissä ei olisi silloin mitään erityistä ja ainutlaatuista. Fawlty Towers on tuplasti hauskempi kuin Siskonpeti. Tätä ei vain saisi sanoa, että miehellä on joskus ne aivot.

Kapitalisti minussa

Minusta köyhillä pitää olla mukavasti rahaa.

Silti, sisälläni asuu kapitalisti koskien tiettyjä asioita.

Sosialisti on se joka arvostaa todella mahtavan laulun laulajaa.

Kapitalisti on se joka arvostaa todella mahtavan laulun tekijää.

Sosialisti haluaa bändiin laulajaksi. Mutta hän nukkuu mielummin kotona kuin haluaa osallistua bänditreeneihin. Lopulta kapitalisti syyllistetään koska hän mainitsee tästä epäkohdasta. Kaikki on lopulta kapitalistin syytä ja vain hän jää yksin. Samalla kun bänditreenien maksaminen on kapitalistin vastuulla.

Sosialisti saa ihmisten arvostuksen halpamaisesti. Hän tekee ilkeitä asioita. Mutta häntä juhlitaan ja rakastetaan.

Kapitalisti haluaa tehdä oikein asiat, haluaa oppia ja kehittyä ja katsoo mihin se riittää.

Sosialistille ei riitä mikään vapaus. Hän saa käydä metsässä, tehdä merkityksellistä työtä, soittaa instrumentteja, kokata, matkustella missä vaan, tutustua ulkomaisiin kulttuureihin, rakastella, laulaa, käydä baarissa, käydä ravintolassa, ilmaista itseään taiteen keinoin, kirjoittaa Facebookiin omia juttujaan, tulla rakastetuksi ja rakastaa, tienata rahaa, valita supermarketissa mitä ostaa, käydä luotettavalla lääkärillä, äänestää, kritisoida, käydä lätkämatsissa, julkaista itsestään kuvia Instagramissa ja Facebookissa, käydä kirjastossa, käydä elokuvissa, käydä risteilyllä, shoppailla kaupungilla, mennä mökille.

Silti, sosialisti pitää globaalia rahaeliittiä oman onnensa tuhoajana, jonain mystisenä voimana, joka vaikuttaa tuhoisasti suoraan hänen arkeen.

Kapitalisti arvostaa vapautta ja onneaan Lännessä ja yrittää tehdä parhaansa.

Sosialisti on nuorena Instragramissa ja julkaisee päivittäin 25 julkaisua joissa hän puhuu tunteistaan, monimutkaisesti ja narsistisesti. Samalla hän saa paljon suosiota.

Kapitalisti julkaisee vain kun hän haluaa julkaista ja hänellä on enemmän sanottavaa kuin sosialistilla ja hän on viisaampi koska hän puhuu suoraan, silloin kun täytyy puhua.

Sosialisti porsastelee seksielämässään, kutsuu sitä Prideksi ja rakkaudeksi, kun taas kapitalisti ei porsastele seksielämässään vaan haluaa syvyyttä ja jatkuvuutta ja on uskollinen yhdelle naiselle, jonka hän toivoo tapaavan.

Levolliset

Elokuva kuudesta kristitystä nuoresta. He eivät pane toisiaan vaan keskustelevat politiikasta ja filosofiasta vapaamielisesti.

Seksuaalisuus ei ole pelkästään kivaa, vapaata, luonnollista. Irtoseksi ja pettäminen johtavat seksuaaliseen valheeseen ja likaisiin ihmissuhdepeleihin.

Yökerhoissa haisee halpa häpeä ja viina. Lisäksi "seksuaalisesti vapautuneet" pilkkaavat moraalia koska he yhdistävät sen moralismiin. He saattavat etsiä siitä kieroilla tavoilla heikkouksia koska he eivät usko moraaliin. He uskovat siihen kierouteen jota he haluavat moraalin alta paljastaa.

Viattomuus on miljoonaa seksipartneria humalluttavampaa.

Howard katsoo edelleen amerikkalaista poliittista diskurssia. Hän on osittain unohtanut kumpaa tahoa hän kannattaa ja milloin. Hän seuraa sitä usein pelkästä nautinnosta. Katkera hän ei ole. Enää. Eikä laiha, sairaalloinen. Hän on onnellinen.

Hän ajattelee Amerikkaa. Paljon. Amerikka on hänelle korkeuksissa, aina. Kuin parveke. Miamilaisen hotellihuoneen parveke. Hotellin suojissa hän seuraa politiikkaa. Kiihko on nelivuotinen. Joka neljäs vuosi päätetään pressa. Trilleri, kuilunreuna.

Howard haluaa naispapin tai kirkollisen naisen. Hän haluaisin manifestoida sen, muttei tiedä miten. Nuori, papiksi opiskeleva nainen.

2000-2024

Vuosi 2001. Bushin limusiinia heitetään kananmunilla.

Ennen syyskuun 11. iskuja, elokuussa 2001, Bushia syytetään liiasta lomailusta. Hän vastaa haastattelijalle että "on ihmeellistä mitä voi saada aikaan puhelimilla ja fakseilla."

Bush nauttii luonnosta, metsässä olosta. Eläimistä. Kalastamisesta. Golfin pelaamisesta.

Ihan kuin se olisi ollut uusi aika. Nyt se on taas vanhaa aikaa.

Silloin oli kaikki paremmin. Kuten aina ennen. Nykyään on aina huonommin. Musiikki, elokuva.

Sitten tapahtui isku. 11. syyskuuta.

Televisiossa oli uutisia siitä.

Jotkut saattoivat katsoa uutisia siitä yksinäisessä hotellihuoneesta.

Maaten sängyllä. Rauhassa.

Heidän ei tarvitse tippua pilvenpiirtäjästä. Törmätä torniin. He ovat suojassa. Katselemassa televisiota.

Nyt on Trump vastaan Harris.

Ensi viikon keskiviikkona saamme tietää seuraavan presidentin.

Aika on muuttunut. Vähän vinoutunut. Ihmiset muuttuneet, muuttaneet eri asioihin, heidän ajattelunsa on muuttunut.

Minulla on salaisuus jaettavana.

Minä nautin tästä kaikesta.

Minulle tämä kaikki on suurta show'ta.

Nautin siitä.

Kuin olisin turvassa. Miamilaisessa hotellihuoneessa.

Elämä, tai maailma, on maailman suurin show.

Show'n merkitys on muuttunut, tietääkseni, aikojen kuluessa.

Moderni versio show'sta on turvallisuus, turva, turvaisa maailma, johon uppoutua.

Today Show, The View tai joku uutislähetys.

Tai sitten Gilmoren tytöt. Yllättävän hieno sarja, näin kaksikymmentä vuotta myöhemmin tarkasteltuna. 2024.

Show on turvaa, se antaa ihmisille kotoisan paikan, jossa kaikki menee hyvin.

Se on vähän kuin kaksi unohtumatonta viikkoa jossain.

Road trip, yhteisö, kylä.

Sitä on show.

Kun käyn suihkussa, ajattelen kaikkia suihkuja missä olen elämäni aikana käynyt.

Kuvittelen että käyn rautatieaseman suihkussa.

Vaikkei sellaista ole olemassa.

Sitten katson televisiota ja nautin uutisista ja säätiedotuksesta.

Show on pitkä, ihana leikki.

Ojai ja muut luontoyhteisöt

Yöllä istuimme erämaalla. Nuotion äärellä.

Nyt olemme Ojaissa.

Täällä kasvaa viinirypäleitä puissa.

Ja sitruunoja, kiivejä, appelsiineja, omenoita sekä mangoja.

Ja muuta.

Täällä on hyvin iso, kesäinen yhteisö.

Hyvin monet avioparit kasvattavat täällä hedelmiä ja vihanneksia.

Monet tykkäävät polttaa pilveä. Minä en.

Me istumme metsässä, kello 11 aamulla.

Otin työkaverit mukaan metsään, esitän heille yhden asian, käyttäen karttaa apunani.

Pian täytyy ajaa Losiin, heidän kanssa.

Menen sen jälkeen keskustelemaan kaupunkisuunnittelusta, San Franciscoon.

Lähtiessäni San Franciscosta näen ympärilläni puita, kun ajan takaisin Ojaiin.

Lähellä on aavikko johon meidän pitäisi mennä huomenna, juttelemaan vanhan Meksikossa asuvan jenkin kanssa.

Sitten takaisin Ojaihin, huomenna taas.

Appelsiinimehu, jota siellä tehdään, on jumalaista.

Se on ihana, pitkä leikki, olla siellä, juoda ja syödä.

Ruoasta

Tilasin monet vuodet hotellihuoneeseeni kebab-annoksia, pizzoja ja muuta eksoottista ruokaa.

Rakastin myös käydä kebab-pizzerioissa mutta kolme vuotta tilasin joka viikko niiden ruokaa kun erakoiduin ihanasti hotelleissa.

Kebab-pizzerioissa käynti oli aina elämys. Ruokalista on pyörryttävä. Sitä silmäillessä tuli huimaava olo. Jotenkin ahne ja likainen.

Tietenkin mietin myös eläinten mahdollista kärsimystä. Tekemättä sille mitään.

Mutta ruokalista oli todellakin elämys. Lisäksi ruoka oli aina tuoretta ja kiehtovaa. Vaikka annokset ovat ikiaikaisia, samoja, niin niissä saattoi aina olla jotain erilaista. Annos oli aina sama ja aina erilainen. Vähän kuin seikkailu.

Pizzerioissa käynti oli elämys koska niissä vieraileminen toi aina mieleen kansainvälisen jalkapallon ja maailmanpolitiikan. Mietin myös sitä miten monta poliitikkoa ja bisnesmiestä neuvottelivat jossain päin maailmaa pizzan tai kebabin äärellä. Ajattelin myös taloutta, rahaa ja maailman globaalia pyörää.

Lempiruoakseni muodostui lopulta kebab riisillä. Rakastin sitä kun italialaiset tai turkkilaiset kokit laittoivat siihen paljon kastiketta. Rakastan kastikkeita eniten. Etenkin silloin kun sitä riitti. Annoksissa oli aina paljon riisiä ja riisin kosketus kastikkeeseen oli suuri nautinto. Kun kaikki riisit sai syötyä kastikkeen kanssa, olin supertyytyväinen. Riisi oli muutenkin mielestäni maailman parasta juuri niissä annoksissa. Kebabia oli aina vähän liikaa. Muttei se haitannut. Heitin usein roskiin ne kebabit joita en jaksanut syödä. Myös salaatti oli aina mahtava juuri kastikkeen takia.

Kerran kävelin poikkeuksellisesti hotellin ulkopuolelle kadulle klo 23 illalla. Hotelli sijaitsi Helsingin keskustassa. Nuori kiinalainen mies ojensi tihkusateessa ruokaboksin minulle. Se oli kaunis hetki. Me olimme kaksi yksinäistä siinä illassa.

Jostakin ajatuksesta se alkoi.

Aloin nimittäin kiintymään eksentrisellä tavalla kiiveihin. Aloin ostamaan niitä paljon. Silloin tilasin niitä hotellihuoneeseeni valtavia määriä.

Opin että kiivejä tuotetaan eniten Kiinassa. Toiseksi eniten Uudessa-Seelannissa. Kolmanneksi eniten Italiassa. Kiinalaisia kiivejä ei Suomessa tietääkseni myydä. Kahdesta jälkimmäisestä maasta minulle tuli kiivejä. Lisäksi myös Chilestä.

Tykkäsin tietenkin kiivien terveellisyydestä. Söin ruokaa suoraan luonnosta. Lisäksi tuin kiivien tuottajia tilaamalla niitä. Halusin syödä kaikki Suomeen tuodut kiivit.

Lisäksi kiivit näyttivät kiehtovilta, eksoottisilta. Kenties kaunein hedelmä mitä on olemassa.

Sinä iltana Helsingissä sijaitsevaan hotellihuoneeseeni tuotiin kiloittain kiivejä. Sinä kuukautena taas paljon enemmän.

Mies ajaa rekkaa yöllä.

Aamulla hän ottaa isot lihat ulos rekan säilytystilasta ja vie ne ravintolan keittiöön.

Toinen mies ajaa aamulla rekkaa kohti Coloradoa.

Hän ottaa tupakkakartonkeja ulos ja vie niitä kioskiin.

Rekan viereen kävelee mies jolle hän antaa 50 dollaria.

Ryhmä miehiä ottaa rekoista tavaraa ulos ja vie niitä eri paikkoihin.

Tätä tapahtuu joka päivä.

He ovat kuin muurahaisia. He ovat kuin sotilaita.

Miehet ovat onnellisia koska he ovat miehiä.

He ovat rakastettuja yhteisön jäseniä.

Kukaan ei ollut koskaan tehnyt kellekään naiselle mitään niin romanttista kuin mitä hän teki.

Hän vaistosi että sellainen oli sukupuutossa.

Ilo sulki sisäänsä tylsyyden. Pienet rakkaudet, pienet intohimot, pienet tunteet.

Puhuttiin jopa parisuhdetyytyväisyydestä.

Mies vei roskat. Naiset imuroi.

Siinä kaikki.

Hän tahtoi kaiken.

Kukaan ei koskettanut ajassa ihmisen syvyyttä kuin hän.

Ihmisestä oli tullut arkinen, tylsä?

Joskus häntä pelotti oma suuruus. Hän oli niin yksin siinä.

Puhuttiin myös turvaseksistä. Kondomeista ja lukuisista partnereista.

Sukupolven suurimman taiteilijan täytyi olla yhden naisen mies. Silloin intohimo oli syvintä, suurinta, vahvinta.

Hän kirjoitti tunnissa enemmän kuin mitä monet koko elämänsä aikana.

Psykologinen fakta:

Ihmiset rakastivat varasta ja inhosivat sitä jolta hän varastaa.

Ja suosion puute tuntui kunniamerkiltä.

Hän uskoi hyviin ja älykkäisiin. Heidän välinen suhde oli aina suurin, syvin, romanttisin, täydellisin. Muut piehtaroivat omissa peleissään, juoruissaan, ilkeyksissään, epävarmuuksissaan, riidoissaan, surkeuksissaan.

Kaikki elämä on tärkeää

(kirjoitus amerikansuomalaisuudesta)

He ovat suurelta osin melko vanhoja ihmisiä. He asuvat Yhdysvalloissa. Mutta heidän veri on suomalainen.

He ovat usein lämpimiä, heillä on suuri sydän. He ovat jo kokeneet elämää ja palkkioksi he ovat saaneet haikean lämmön ja viisauden.

He rakastavat Suomea, tuntevat siihen yhteyttä. Joskus he jakavat suomalaisia reseptejä, kuten vaikkapa lihamakaronilaatikolle. He ihailevat sisua, he tietävät mitä se tarkoittaa.

Heissä on paljon hellyyttä ja he ovat rauhallisessa vaiheessa elämää. He nauttivat vähästäkin.

Joskus mietin mitä he ajattelevat Suomesta, millaisia rakkauden tunteita he tuntevat kotimaatani kohtaan.

Osaan myös suomea, tietenkin, suomalaisena. Tunnen siitä pientä ylpeyttä suhteessa heihin.

Näen heidät isähahmoina, äitihahmoina.

Kuvittelen heidät usein mökeissään, keskellä hiljaisuutta ja metsää, tekemässä ruokaa, ikuisesti, taivaassa. Heille tapahtuu vain hyviä asioita ja he ovat onnellisia. Heidän ei tarvitse enää kärsiä.

Ehkä siellä on metsää satoja kilometrejä ympärillä ja lehdet ovat oransseja, punaisia ja kellertäviä. Ja he tekevät ruokaa keskellä sitä rauhaa missä ei ole autoja, rakennuksia ja teitä, vaan satoja kilometrejä metsää ja rauhaa.

Ambulanssikuski:

"Meille oli kello 5.30 aamulla tullut hälytys. Noin 86-vuotias mies oli löydetty Cumulus-hotellin käytävältä. Hän oli ilmeisesti romahtanut yllättäen lattialle. Hänen huoneen ovensa oli raollaan.

Mies on erittäin nuorekkaan näköinen ikäisekseen. Häntä aletaan hoitaa Helsingin keskussairaalassa."

Howard makaa sairaalan sängyllä. Hän näkee vain hiukan eteensä. Hän katsoo raollaan olevaa ovea ja näkee siinä varjoja, jotka kiehtovat hänen mieltään. Hän ajattelee lapsuuttaan Yhdysvalloissa ja äitiään, jota hän muistelee kaiholla.

Ruokalähetti:

"Pyöräilen nyt läpi Helsingin Kamppia kohti Hakaniemen Cumulus-hotellia. Täällä sataa melko rankasti ja kello on pian 5.30 aamulla. Tämä työkeikka hiukan stressaa minua mutta kestän sen kyllä."

Ruokalähetti toi Howardille tarkoitetun ruoan sisään mutta huomasi pian että Howard makaa käytävän lattialla. Kaksi naispuolista lähihoitajaa yrittivät elvyttää Howardia ja päättivät sitten viedä hänet ambulanssiin.

Lähetti päätti syödä aterian puoliksi itse ja jätti puolikkaan annoksen Cumulus-hotellin eteen. Kaksi varista laskeutuivat paikalle ja söivät annoksen nopeasti loppuun.

Joku mies vietiin paareilla ambulanssiin. Oli puoli kuusi aamulla. Näin hänet hotellin edustalla.

Pari epäilyttävän näköistä miestä käveli hotellista sisään. Toinen heistä meni vessaan ja toinen odotti häntä. Sitten he keskustelivat jostain ja lähtivät pois.

Puoli tuntia myöhemmin he palasivat ja kävelivät hotellihuoneeseen.

He näyttivät ihan joltain agenteilta. Ihan kuin he suunnittelisivat jotain murhaa. Tuli oudot vibat. Kansainväliset. Ehkä he ovat käyneet muissakin maissa. Ehkä Venäjällä Moskovassa.

Howard Hughesin uni sairaalassa

On yö. Ulkopuolellani tummaa sairaalaa…

Näen pupuja. He tekevät ruokaa huoneessa. Rauhassa.

Asunnon ulkopuolella on nainen joka huutaa.

Esiinnyn Sunset Boulevard-leffassa.

Norma Desmond kehuu ulkonäköäni ja tanssimme salissa.

Menen lapsuudenkotini alakertaan.

Vaatehuoneessa on ylhäällä reikä josta pääsee toiseen huoneeseen, ylhäälle.

Se oli unohdettu huone.

Nyt näen unohdettuja muistoja.

Kuljen psykoosissa keskellä kaupunkia. Kaupunki näyttää sekavalta. Jossain on optikko. Se muistuttaa äitiäni. Kuljen sekavasti kauppaan. Ostan pari hernekeittopurkkia. Olen aivan sekaisin. Joku nainen häiriintyy käytöksestäni. Yritän mennä hänen autoonsa. Hän raivoaa.

Herään mielisairaalan pedillä. Se on pimeässä huoneessa. Olen ihan unessa. En tajua mitään. Minulle tuodaan ruokaa. Kun astun huoneesta ulos, nuoruuteni alkaa.

Unohdetut muistot tulevat esiin. Olen jossain jäähallissa ja sitten olen luokkatovereiden kanssa jossain. Bussissa matkalla takaisin olen hiljaa penkilläni.

Näen unen unessa. Olen uneksinut joskus siitä että menen isoveljeni kanssa Anaheimiin katsomaan jääkiekko-ottelua ja me kävelemme jonkin läpi. Nyt näen sen unen taas.

Tämä on unta. Tämä kaikki. Tämä kaikki on unta.

Hoitaja tutkii Howard Hughesin hotellihuoneen

Huoneessa on lattialla paljon pahvilaatikoita joissa on paljon dvd-elokuvia. Edesmennyt on tuonut huoneeseen oman dvd-soittimen.

Keittiön pöydällä on 60 kiivilaatikkoa ja persikoita ja omenoita jonkin verran.

Olohuoneen pöydällä on reilut sata oluttölkkiä ja noin 40 siideritölkkiä.

Makuuhuoneen lattia on sotkuinen. Sängyn alle on tungettu noin 60 lasista Dr. Pepper-pulloa.

Tuhkakupeissa on tupakkaa ja roskalaatikosta löytyy muovikassi jossa on paljon tumpattuja savukkeita.

Edesmennyt on polttanut jonkin verran suitsukkeita huoneessa.

Makuuhuoneen pöydällä on seitsemän syötyä kebab-annosta ja pari pizzalaatikkoa.

Howard Hughes pääsee taivaaseen

Näin äitini pihalla. Piha oli englantilainen, idyllinen.

Äiti näytti niin viattomalta mutta myös rauhallisesti. Se tiesi että poika palaa kotiin.

Halaisin häntä ja huusin. "Äiti!"

Äiti halasi minua rauhallisena ja kysyi minulta mitä tehtäisiin tänään ruoaksi.

Mä sanoin: "Lihakeittoa."

Äiti sanoi että se on hyvä idea.

Mä sanoin äidille: "Mä haluan käydä täällä joka päivä."

Äiti sanoi minulle: "Se on kiva. Meillä tulee olemaan kivaa."

Isoveljeni soitti minulle kännykkään.

Isoveli: "Howard, sun asunto on Harold's-kadulla, parin kilometrin päässä. Tule sinne niin pääset katsomaan missä asut."

Olin niin kiitollinen ja onnellinen. Itkin sitä miten siunattu olin.

Myöhemmin samana päivänä tapasin isäni ja hän totesi että me voidaan katsoa joka päivä televisiosta maapallon kuulumiset.

II

Nyt seuraa Howardin kirjoituksia naisista.

Suomalaisten naisten nimet

Minulle suomen kielessä on kauneinta paikannimet sekä etunimet ja sukunimet.

Koen rikkautena sen että Suomen kielessä on kirjaimet ä ja ö. Esimerkiksi Vantaa ja Vaasa ovat hienoja nimiä kaupungeille mutta niin ovat myös Jyväskylä ja Hämeenlinna. Niitä on kiva maiskutella ja miettiä mielensä sopukoissa.

Ä ja Ö lisää suomen kielen haastavuutta ja kompleksisuutta ja ne rinnastuvat kiehtovalla tavalla sanoihin joissa niitä kirjaimia ei ole.

Suomalaisten kirjailijoiden nimet ovat myös todella kauniita. Väinö Linna, Lauri Viita, Mika Waltari, Minna Canth. Niissä on kiehtovaa suuruutta ja elämänmakuista tunnelmaa.

Koen että uusi naisten sukupolvi Suomessa omaa tyylikkäimmät etunimet ja toiset nimet kuin koskaan ennen. Enää ei ole Kyllikkejä tai Talvikkeja kaiketi paljon. Nykyään naisten nimet ovat eksoottisempia ja moninaisempia.

Sanna Marinin toinen nimi Mirella on todella kaunis toiseksi nimeksi. Se lisää Sanna Marinin nimen kiehtovuutta. Myös Li Anderssonin toinen nimi Sigrid kuulostaa vieraalla tavalla kiehtovalta ja sopii hänelle.

Mitkä ovat mielestäni kauneimmat naisen etunimet suomen kielessä?

Ensiksi tulee mieleen Johanna. Siinä on jotain suuruutta ja kauneutta. Katja on kaunis, runollinen nimi. Chisun toinen nimi Martina on kaunis. Alma on hieno nimi. Marketta ja Karoliina sointuvat korvissani mukavilta. Mikaela ja Pauliina kuulostavat hyviltä, "isojen tai pitkien" aikuisten naisten nimiltä.

Luoja suokoon maailmaan lisää ihmisiä. Jokainen kivespussi sisältää sivilisaatioiden paljouksia ja vain muutamat, harvat, onnekkaat pääsevät syntymään tähän maailmaan. Siittiöt ovat ikuisia ja niin ovat naisetkin.

Satunnaisia ajatuksia naisista

(ja vähän muusta)

Romanttinen rakkaus on maailman itsekkäin asia. Se on kuin raha. Jos sitä on ja sillä pröystäilee, niin se tuntuu muista pahalta. Niiltä joilla ei sitä rahaa ole. Ja romanttinen rakkaus koskettaa vain sitä keillä se on. Ei niitä joilla sitä ei ole.

Toisaalta ei sillä ole väliä. Koska melkeinpä kaikille se varmaan tulee. Eikä siitä kannata välittää.

Entä jos rakentaisi yhdeksän metrin pituisen naisen? Mitä siihen laittaisi?

Julia Robertsin hampaat. Serena Williamsin käärmemäisyys. Ruotsalaisen naisen aksentti ja vaaleat hiukset. Beyoncen peppu. Madonnan karisma (ja kulmakarvat). Katharine Hepburnin suu. Sheryl Leen kulmakarvat ja silmät Good Morning America-ohjelman haastattelussa vuodelta 1990 (ja suu). Debi Mazarin dominoiva julmuus. Anna-Kaisa Ikosen sääret. Li Anderssonin älykkyys.

Kukaan ei pysty kuvailemaan seksuaalisuuden ihanuutta. Mitä seksissä tapahtuu? Mikä siinä on se nautinto ja miten se kuvaillaan?

Yritän ainakin.

Vagina on kuin naisen toinen suu. Mutta paljon jännittävämpi. Se on väylä naisen nautinnon sisälle. Se on väylä naisen sisälle. Se laittaa naisen aivot ja mielen johonkin ihanaan paikkaan.

Yritin jotenkin.

Mielestäni seksuaalisuudessa on se mitä me olemme, syvimmiltään. Se on mysteeri enkä ole tutkinut sitä paljon. Mutta siellä on jokin ihana juttu, jokin ihana juttu meistä.

Luonto on huora. Olen aina ajatellut näin.

Joskus ajattelin kirjoittavani laulun tai runon nimeltä Naisen kauneus on tragediaa. Ajattelin samalla Hanoi Rocksin Tragedy-biisiä. Teoksen nimen takana on tunne kun katselee nuoria naisia menossa bussiin iltaelämästä. Sellainen tunne ettei ikinä saavuta heitä. Toisaalta olen yhden naisen mies. Ei se tunnu hirveältä tappiolta.

Minusta aasialaiset naiset ovat vähiten kauniita. En tarkoita että he olisivat rumia. Mutta jos heitä vertaa afrikkalaisiin naisiin niin afrikkalaisilla naisilla on enemmän karismaa.

Nainen valitsee miehen. Olen ajatellut sitä symbolisesti. Yhdessä ajatuksessa nainen metsästää miehen ampumalla häntä metsässä. Sitten nainen kantaa haavoittuneen miehen olassaan kotiinsa. Toisessa ajatuksessa nainen on sata metriä pitkä ja mies kämmenenkokoinen. Nainen ottaa miehen ja kantaa kotiinsa.

Maailman suurin rakkaus

Viimeisen viikon ajan olen kuunnellut Petula Clarkin Downtown-kappaletta. Se on hyvin lohduttava laulu. Autan äitiä joka päivä ja käyn kaupassa joten musiikin laittaminen soimaan rentouttaa kivasti. Kun on tehnyt paljon asioita aamupäivänä, niin on suuri nautinto kuunnella sen jälkeen musiikkia ja olla tekemättä mitään.

Petulan ääni on hyvin lohdullinen ja YouTube-videossa mistä kuuntelen kyseistä kappaletta, hän näyttää todella hyvältä. Hän on herkän näköinen ja viisaan äidin näköinen. Hänellä on herkät silmät ja kauniit huulet.

Mitä minä tunnen laittaessani tämän videon pyörimään? Mikä se tunne on?

Se on jotain jumalaista.

Tunnen yhteyttä jonkinlaiseen sivistyneeseen, ylevään naistyyppiin. Tunnen syvällistä yhteyttä häneen. Joku nainen tahtoo minulle hyvää. Joku vanhempi nainen on olemassa joka tuntee minut, syvällisellä, intiimillä tasolla ja joka haluaa minulle hyvää ja tietää että hän on minun omani. Siinä yhteydessä on jotain hyvin kaunista ja koskettavaa.

Olen rakastunut elämäni aikana muutama kertaa tällaiseen naiseen. Sitä on olemassa.

Ehkä se on maailman suurin rakkaus. Tunnen sen olevan maailman syvällisin rakkaus vaikka joskus pidän agapea maailman suurimpana rakkautena, rakkautena koko luomakuntaa kohtaan, kaikkia sen jäseniä.

Sitä on helppo pilkata. "Nuori mies haluaa äidin syliin." Ihmiset nyt pilkkaavat vaikka mitä. Usein kaikkia muita ja kaikkia jotka tekevät mitä tahansa, etenkin Facebookissa. Kommentoijathan tietävät kaiken ja päättävät kaikesta.

Mutta se rakkaus on suurempi. Sitä eivät turhasielujen ja pikkusielujen oksennukset hävitä. Se on jaloin rakkaus mitä on. Siinä yhteydessä tuntee maailmankaikkeuden asioiden järjestyvän ja kaiken menevän juuri oikein. Siinä tuntee oman itsensä ja salaisen voimansa. Siinä oppi tajuamaan miten suurenmoinen on rakkaus ja universumi joka perustuu sille.

Kyllä, minussa on pieni vauvatunne. Suhteessa vanhempaan naiseen. Mutta minussa on myös miestunne, suojelijan tunne, herrasmiehen tunne, kuninkaan tunne, mahtava tunne.

Petulan laulaessa: "and you may find somebody kind to help and understand you, someone who is just like you and needs a gentle hand to guide them along", tunnen suurta ylpeyttä ja kunniaa. Olen hyvä analysoimaan lauluja. Se on laulun vahvin kohta ja viekkain. Se kohta alkaa instrumentaalitauon jälkeen ja kuulostaa todella inhimilliseltä ja kauniilta mutta myös nerokkaalta.

Jossain on joku nainen, viisain kaikista, jonka rakkautta ei tarvitse epäröidä.

Miehen ja naisen syvällinen suhde

Toistan vielä: J. oli paras nainen, jonka olin tavannut. Muut naiset vaikuttivat alhaisilta, kateellisilta, kieroilta, verrattuna häneen.

Erityisesti J.:n ja hänen poikaystävänsä suhde herätti muissa kateutta. J.:n poikaystävä oli komea ja hyvätapainen.

He tuntuivat ainoalta parilta, jotka keskittyivät elämässään johonkin järkevään. Heidän suhde oli parempi kuin monien, monien muiden suhde.

Eräs mies kerran totesi että aviomiehen ja aviovaimon suhde on maailman syvällisin suhde. Syvällisempää suhdetta ei löydy. J. ja hänen poikaystävänsä ovat aikuisia ihmisiä, vastuullisia, kohteliaita, aina ystävällisiä, järkeviä ja helliä.

Millainen on se syvällinen suhde miehen ja naisen välillä?

Käsitykseni mukaan siinä luodataan toisen puoliskon sielun syvyyksiin, opitaan tuntemaan toisen sisintä, rakastamaan sitä, kiinnostumaan siitä enemmän.

Mitäköhän muuta se voisi olla?

He kulkevat yhdessä kohti uusia vuosikymmeniä. He haluavat kokea yhdessä vielä kaiken. He haluavat löytää uusia intohimoja. He haluavat tehdä toisensa onnellisiksi.

Koin heidän suhteen olevan aliarvostettu, koin heidän hyvyyden olevan aliarvostettua. Siksi halusin kirjoittaa tästä aiheesta.

On surullista se miten hyviä he ovat verrattuna muihin ihmisiin. On myös surullista se ettei tätä arvosteta tai sanota ääneen. Mutta minä arvostan.

Unelmieni naisen tiedot

(puolihumoristisesti tehdyt)

Pituus: 178 cm
Paino: 75 kg
Hiusten väri: Tummanruskea
Lempiharrastus: Elokuvien katselu
Paras asia mitä tehdä kaupungilla: Elokuvateatterissa käynti aamuisin ja shoppailu
Ruoka: Pizza
Juoma: Coca-Cola
Suurin intohimo: Kulttuuri ja taide
Suurin unelma: Tehdä suurta taidetta
Lempielokuva: Hollywoodin kulta-ajan leffat
Ammatti: Taiteilija
Uskonnollinen kanta: Uskoo Jumalaan
Paras piirre sinussa: Järki ja viisaus
Lempiväri: Violetti
Lempieläin: Koira
Paras musiikkigenre: Pop-musiikki
Sydämeni on mikä maa: Yhdysvallat (tai Ranska)
Naisena on parasta: Tuntea olevansa nainen
Mitä vihaat: Epäoikeudenmukaisuus
Mitä ihailet: Ystävällisyyttä (etenkin keskusteltaessa)
Luonto vai kaupunki: Kaupunki (enemmän)
Kalifornia vai New York: Kalifornia
Kitara vai piano: Kitara
Järvi vai meri: Meri

Miksi miehen pitää olla hyvä poika äidille

Miehen rakkaus äitiään kohtaan on myös tärkeä hyvyyden muoto sekä hyvyyden tunne suhteessa naiseen. Elän myös edesmenneelle isälleni, haluan että elämäni on kunnianosoitus häntä kohtaan. Äidin ja minun side on hyvin kaunis ja syvä. Autan häntä joka päivä, vien roskat, käyn kaupassa, teen pihatöitä, pesen pyykit, teen ruokaa. Tykkään aina kirjoittaa ostoslistan ja ostaa tuotteita kaupasta.

Äidin suru pojastaan joka ei enää ikinä tule kotiin on surullisimpia asioita mitä tiedän. Myös pojan suru kuolevan äitinsä vierellä on niin surullista. Forrest Gump on tässä asiassa miehen malli pojille.

Muistan kun teeskentelin käyväni lukiota. Isä ja äiti ajoivat minut sinne joka aamu. Todellisuudessa lähdin lukiosta usein kesken päivää sillä vihasin käydä siellä ja olin tosi ahdistunut ja masentunut. Äiti sanoi asian paljastuttua että se särki hänen sydämensä.

Katsoin juuri William Wellmanin The Public Enemy-leffan. Siinä oleva viaton äiti petaa pojalleen sänkyä mutta poika on kuollut. Itkin elokuvan jälkeen paljon. Olen hyvin herkkä äidin surulle.

Äidille aiheuttama mielipaha piti jossain vaiheessa korjata.

Surussa on sääliä, hoivaa ja rakkautta. Se rakkaus toivoo että äiti tapaa vielä poikansa Jumalan valtakunnassa ja he leikkivät ja tekevät ruokaa ikuisesti taivaassa eikä kummankaan tarvitse enää surra koskaan mitään.

Havaintoja kahdesta naisesta jotka olen tuntenut

J. on paras nainen jonka olen ikinä tavannut. Hänen sydämensä on pelkkää kultaa.
Hän on aina herkkä, empaattinen, tunteellinen ja sisäisesti kaunis nainen. Traagista
on ehkä se että kukaan ei ehkä ikinä ole antanut tunnustusta hänelle hänen
suurenmoisesta hyvyydestään. Suuri osa muista ihmisistä, niin miehistä kuin naisista,
eivät yltäneet hänen puhtauteen ja viattomaan hyvyyteen. Häntä satutettiin
nuoruudessa paljon. Mutta minulle hän on aina paras kaikista. Luulen että jotkut
naiset eivät pidä hänestä koska hänen arvokkuutensa loukkaa heitä.

A. on polveilevalla tavalla kaunis nainen. Hänen polveilevuutensa on humalluttavaa.
Meidän piti kerran kuvata häntä yhdellä adjektiivilla. Sanoin ujosti että hän on
aikuinen. Ja pari sekuntia myöhemmin lisäsin: nainen. Muut ryhmäläiset alkoivat
käyttää tätä nimitystä hänestä puhuessaan hänelle. Se kuvasi häntä niin hyvin.
Myöhemmin kun hän luki paperilta hänestä valikoituja adjektiiveja, hän naurahti
termille "aikuinen nainen." Ja miesryhmäläinen joka hänen edessä oli naurahti sille
myös.

Kysymyksiä naisista

K: Kuka on mielestäsi kaikkien aikojen kaunein nainen?

V: Anne Bancroft Charlie Rosen haastattelussa vuonna 2000.

K: Kuka on kiehtovin nainen jonka tiedät?

V: Li Andersson, niin sielullisesti, psykologisesti kuin esteettisesti. Li on myös erittäin ihailtava, hän ei myy mieltään ja hänellä on harvinaista integriteettiä.

K: Mikä naisessa on seksikkäintä?

V: Valta. Miehekäs määrätietoisuus tai tylyys.

K. Ketä naistaiteilijaa ihailet eniten?

V: Haloo Helsingin Elli Haloota. Hän on nukkemainen, blondimainen mutta myös älykäs, intohimoinen ja lahjakas.

K: Jos pitäisi valita ammatti, jonka haluaisit naisellasi olevan, mikä se olisi?

V: Pappi tai diakonissa.

K: Mikä on seksin lisäksi parasta mitä naisen kanssa voi tehdä?

V: Katsoa amerikkalaista klassikkoelokuvaa asunnossa pimeänä talvi-iltana.

K: Jos pitäisi valita yksi intohimo jonka haluaisit naisellasi olevan, mikä se olisi?

V: Kulttuuri, etenkin elokuvat.

K: Mitä eläintä naiset mielestäsi muistuttavat?

V: Yleensä kissoja. Jotkut ovat seksikkäitä härkiä kuten Mariko Pajalahti tai Serena Williams.

K: Kuka on lempinäyttelijättäresi?

V: Ensimmäiseksi tuleen mieleen Katharine Hepburn.

Lyhyt kirjoitus Hollywoodin kulta-ajan näyttelijättäristä

Nyt haluan kertoa vähän siitä mitä Hollywoodin kulta-ajan legendaariset naiset tuovat minussa mieleen.

Marlene Dietrich

Witness of the Prosecution-elokuvassa vuodelta 1957 Dietrich on vähäeleinen mutta valloittava. Dietrich tuntuu tietävän jotain tietyistä asioista, hän on kokenut seksuaalisesti. Hänen hiuksensa lainehtivat. Eräässä haastattelussa hän on platinablondi ja täynnä matala-äänistä viehätysvoimaa. Hänen silmäripsensä ovat lumoavan täyteläiset.

Greta Garbo

Garbolla on yhdessä filmissä seksikkään vanhan naisen haukkamaiset silmät. Vähäeleinen karisma ja elegantit, aistilliset silmät.

Joan Crawford

Kypsillä päivillään Joanista tuli karismaattisempi. Silloin hänellä oli täydelliset silmät ja huulet. Hyvin ikimuistoinen hymy ja ikimuistoinen katse.

Veronica Lake

Vaaleat hiukset kuin lainehtivat aallot. Pikkuvanha, fiksu puhetapa. Rauhallinen, matala ääni. Viettelevät huulet ja silmät. Hänen äänensä on myös kutsuva, johonkin jännään, erilaiseen ja uuteen.

Marilyn Monroe

Käsittämättömän viehättävä tapa tietää mitä miehet haluavat. Syvällinen, älykäs. Mahtavat pyöreät muodot. Viattomat silmät.

Ingrid Bergman

Kauniit, viattomat silmät. Audrey Hepburnin tapaan Ingrid oli enemmän viaton ja puhdas kuin paheellisella tavalla viettelevä.

Audrey Hepburn

Nuorina vuosinaan pirteä ja kaunis, mutta kaunis vain haalealla tavalla, ei syvällä ja viettelevällä tavalla. Vanhentuessaan hänestä tuli karismaattisempi. Eräässä vuoden 1988 haastattelussa Audrey on uskomattoman hyvännäköinen ja himoittava, kuin viini, joka on kypsynyt vanhetessaan.

Katharine Hepburn

Miestennielijän katse ja huulet. Luultavasti todella tarkkanäköinen. Hänessä oli enemmän puhtautta ja älyä ja vähemmän viettelevyyttä. Katse ja puhe joihin mies rakastuu ensisilmäyksellä. Silmät ja puhe läpäisevät miehen. Seksuaalisesti erittäin kiinnostava nainen.

Lauren Bacall

Matala-äänisten naisten perikuva. Samaan aikaan haavoittuvan lapsekas ja syvällisen kypsä. Tyyli-ikonina täydellinen. Älykäs nainen joka rakasti älykkäitä miehiä.